O TEMPO QUE NOS FALTA

Victor Almeida

O TEMPO QUE NOS FALTA

**1ª Edição
POD**

Petrópolis
KBR
2012

Edição de texto **Noga Sklar**
Editoração: **KBR**
Capa **KBR sobre arquivo Google**

ISBN: 978-85-8180-191-9

KBR Editora Digital Ltda.
www.kbrdigital.com.br
atendimento@kbrdigital.com.br
55|24|2222.3491

B869 - Literatura Brasileira

 **Victor Almeida** nasceu em São Paulo, em 3 de maio de 1989. Tem dedicado os últimos anos a aprimorar seu estilo de ficção e a estudos literários. Pela KBR, publicou também *Juntos no Paraíso*.

Email: victor.deltasantos@hotmail.com
Site: http://www.victoralmeida.org

(...) o passado era um bloco único, indivisível, e que era preciso possuí-lo ou abandoná-lo, em bloco, como um todo.
Alan Pauls

Sumário

A PARTE DE DORALICE

I remember you well in the Chelsea
Hotel/ that's all, I don't even think of you that
often.
Leonard Cohen

Quando cheguei a Tóquio já era noite.

Liguei o celular na saída do aeroporto e fiquei surpreso que tivesse sinal, tão longe de casa. Na caixa de avisos, 27 ligações perdidas de Ana: após as doze horas que passei dentro do avião depois de Amsterdã, deve ter surtado ao perceber que eu estava atrasado demais, o que significaria que eu talvez não chegasse. Sem comentar com ela, assim que desembarquei em Amsterdã eu tinha ido até o balcão da empresa aérea e comprado uma passagem direta para o Japão, lugar onde eu queria e deveria estar — afastado muitos quilômetros da estreia da minha primeira exposição internacional.

No táxi, a caminho do hotel, pensei que a noite era o melhor momento para chegar à cidade, a hora em que revelava sua verdadeira identidade ao bombardear a visão com luzes, imagens, projeções, sons, ofuscados na maior parte pela luz do dia, mas que durante a noite atingiam dimensões ilimitadas de beleza, mostrando aonde o homem pode chegar com um pouco de imaginação e tecnologia.

Felizmente, os recepcionistas do hotel sabiam falar inglês; foram muito gentis ao cederem o quarto mais alto, como eu tinha solicitado. Da janela do meu quarto eu podia ver toda a parte sul de Tóquio. Observando a cidade, me perguntei o que tinha ido fazer naquele país do outro lado do mundo que não poderia ter feito em qualquer outro lugar.

Procurava uma resposta, mas não era uma pergunta simples do tipo que se pode empurrar para pessoas caminhando na rua.

A resposta que eu procurava não podia ter influências do mundo ocidental, afogado em preconceito e ainda tendo muito que aprender sobre questões envolvendo amor, amizade, família. No oriente as chances de se encontrar esse tipo de resposta é muito maior, por isso deixei Amsterdã — uma cidade que nada sabe além do amor carnal — e vim buscá-la em Tóquio, como faria um detetive romântico, reciclar memórias, embora não me reste muita esperança de voltar a São Paulo mais sábio do que quando saí.

***

Enquanto a maioria das histórias começa do princípio, a minha começa pelo fim, pelo fim de tudo, quando Doralice partiu e eu fiquei. "Os Beatles foram a pior banda dos anos sessenta e não acrescentaram nada à música mundial": com esta frase ela encerrou nossa última briga, antes de jogar no chão a prateleira com minha coleção de discos de vinil.

Vinis são frágeis, se quebram quando caem. Eu podia entender o motivo da briga, de ela ter lançado ao chão a minha coleção mesmo sabendo quanto tempo levei para formá-la e quanto dinheiro tinha investido só para ter todos de Jimmy Hendrix e Bob Dylan. Podia entender tudo, menos aquele comentário desnecessário direcionado aos Beatles — que não tinham nenhuma relação com a briga, ou com minha coleção de vinis, ou com o fim do nosso relacionamento —, mas que ela achou que seria uma boa maneira de encerrar a discussão antes de bater a porta e ir embora para sempre. Pensou que ao ofender os Beatles estaria diretamente ofendendo a mim, o que não aconteceu, ou pelo menos não totalmente.

Doralice foi embora sem olhar para trás. Não que eu tenha espiado o corredor enquanto ela ia em direção ao elevador, mas eu sabia, tinha certeza. Doralice era o tipo de mulher que quando decidia acabar alguma coisa, estava acabado. Sem arrependimentos. Para sempre. Se o amor acaba em pedaços, o nosso terminou com pedaços dos Stones misturados a pedaços do Floyd e outras tantas bandas que fizeram história, hoje esquecidas, soterradas sob os escombros de novas bandas passageiras e sem grande talento que ainda movimentam uma multidão de garotas gritando ensandecidamente, não muito diferente das garotas que gritavam ensandecidamente no final dos anos 1960. E eu, como qualquer pseudointelectual desta geração Google, não fiz nada.

Sentado no sofá, fiquei observando a porta se fechar, sem saber o que pensar e ao mesmo tempo pensando em milhares de coisas, na origem do universo a partir de um vazio quântico bilhões de anos atrás, na entropia, no declínio do cinema mundial, que por aquela porta nunca mais veria Doralice entrar, sorrindo de um jeito como só ela sabia sorrir. Nunca mais veria Doralice andando nua pelo apartamento, não se importando com as cortinas abertas, fingindo que éramos as últimas pessoas do mundo, e, portanto, não tínhamos do que nos envergonhar.

Doralice era assim, uma mistura de libertária extrema com gata assustada, um jeito único de ser, do qual senti saudades durante os dois anos de correspondências trocadas até a chegada da última carta, também pelos anos que se seguiram e quem sabe até hoje, embora atenuadas. Doralice me escreveu pela última vez cerca de dois anos após sua partida. Ninguém sabia melhor do que ela como escrever uma última carta de partir o coração, ao mesmo tempo em que reavivava lembranças que pareciam esquecidas há muito tempo, renascidas das cinzas, um pássaro de fogo te fazendo sofrer duas vezes — primeiro pela culpa de ter esquecido, depois pela dor de ter lembrado — uma última carta um tanto sádica, como se viesse com um sorriso invisível estampado, meio parecido com o sorriso do gato da Alice te espreitando sem que você saiba e aumentando a cada aperto do seu coração.

Estava em Praga, a cidade com a qual sempre sonhara, onde viveria o conto de fadas que tinha inventado para sua vida e do qual eu fui, calculadamente, deixado de fora. Gostava de cantar logo pela manhã, imediatamente depois de acordar e antes que se levantasse da cama. Independente de eu estar acordado ou não, cantarolava canções esquecidas que muito provavelmente ouvira na infância, cantadas por sua mãe todas as manhã quando ia acordá-la.

Não conheci sua mãe. Tinha morrido jovem, não porém sem antes ter aproveitado plenamente seu pouco tempo no mundo, tempo nunca suficiente, não importando se se morre jovem ou idoso. Tinha sido *hippie* nos anos de ouro da década de 1970, *junkie* nos 1980 e morta de AIDS no início dos 1990, somando-se à estatística do *boom* de óbitos provocados pelo vírus, ainda bastante desconhecido na época. Com a morte dela, só restou a Doralice uma irmã de quem sabia pouco, pois ainda criança tinha sido levada para ser criada no interior, longe da mãe irresponsável, que deixou de herança para Doralice: os olhos, que sempre pareciam querer ver além do que era visível; um jeans surrado com o qual tinha seguido uma banda de metal; e uma vontade incontrolável de nunca estar presa a nada, nem mesmo à vida, nem mesmo a mim.

Lembro-me de uma vez em que estávamos na praia. Tínhamos viajado por horas com a esperança de chegar a um lugar isolado, onde não houvesse ninguém. Chegamos por fim a uma praia vazia, sem sinais de ter havido outro ser humano ali. Doralice correu em direção à água, deixando caídas no chão as peças de roupa que ia tirando pelo caminho. Parecia feliz. "Você não vem", me perguntou já dentro da água, que apesar do sol parecia fria. "Está ótima", disse, como se pudesse ler meus pensamentos ou já estivesse acostumada à minha aversão a águas frias, mesmo em dias de verão.

Embora odiasse, não podia resistir à oportunidade de estar com ela. Entrei no mar. "O que acha", me perguntou. Não respondi. Joguei água nos cabelos dela com as mãos em formato de concha e isso a fez sorrir. "Podíamos construir uma casa aqui, passar o resto da vida nesta praia, o nosso paraíso", ela disse, antes de mergulhar. Na época achei a ideia romanticamente bela; se tivesse se realizado, não teria acontecido aquela última briga, a última carta, a última e derradeira visão que tive dela.

Ela odiava o fato de eu ser fotógrafo, não do tipo que fotografa casamentos e batizados, tampouco do tipo que tira retratos 3x4 para carteiras de identidade. Era fotógrafo de delegacia, e como tal minha função principal era registrar cenas de crimes, na maioria assassinatos, fotos que mais tarde seriam anexadas aos processos criminais e judiciais. Tinha que chegar ao local antes que ficasse repleto de policiais misturando e apagando provas, atrapalhando o meu melhor ângulo de uma face ensanguentada, uma barriga esfaqueada.

Doralice detestava meu emprego, detestava os crimes que eu fotografava e dizia que eu merecia mais, devia tirar fotos que pudessem aparecer em alguma exposição do Sebastião Salgado. Até certo ponto ela tinha razão; em algum momento eu poderia ter me tornado um gênio, ditado a estética da fotografia contemporânea, mas agora era tarde, não tinham me permitido. Restaram-me os crimes e nos nossos melhores dias as fotos que tirava de Doralice, modelo e musa, replicando com lente e papel fotográfico a sua imagem, demasiada para ser admirada por meus olhos apenas.

Essas fotografias, tantas que enchiam uma caixa grande, queimei alguns dias após sua partida: fiz com as lembranças de papel o que não podia fazer com as do coração. Nunca vou esquecer sua maneira única de segurar o cigarro, no extremo entre os dedos indicador e médio, quase caindo, quase promíscua, como que indiferente, apesar de não totalmente. Uma vez ela me perguntou se me incomodava o fato de ela fumar. Respondi que não; não queria, porém, perdê-la

para um motivo tão imbecil quanto um câncer de pulmão. Ela fez uma expressão de in-
cômodo, expressão que só quem fuma sabe
fazer quando ouve alguém lhe dizer que terá
câncer, principalmente câncer de pulmão —
como se fosse imune, diferente dos milhões
de casos que aparecem todos os anos — algo
que se podia facilmente evitar, ao contrário
de um acidente de carro ou outra fatalidade
imprevisível: bastava apenas não acender o
próximo cigarro, um simples não-ato para
que pudéssemos passar mais nove ou dez
anos juntos quando fôssemos velhinhos. Mas
no fim ela não morreu de câncer, não largou
o cigarro e não tivemos a oportunidade de
ficar velhinhos juntos e ter aqueles nove ou
dez anos a mais.

Na noite de Natal do meu primeiro ano
sem ela recebi uma ligação internacional;
após a gravação, ouvi uma voz conhecida
que me deixou sem ar e incrivelmente triste.
Doralice telefonava de um telefone público
numa rua de Amsterdã, fazia muito frio e
podia-se ouvir o barulho do vento passan-
do pelo fone. Falei que aqui, pelo contrário,
estava quente, o que não deixava de ser estranho para uma noite de dezembro. Tinha

chegado à cidade há uma semana e estava experimentando de tudo, não queria perder nada. Tinha visitado o *Red Light District* e pagado cem euros para transar com uma das prostitutas expostas nas vitrines ao longo da rua. Sua primeira experiência com outra mulher tinha sido incrível, mas admitia que parte disso era pelo fato de as prostitutas de Amsterdã serem consideradas as melhores do mundo.

Em Amsterdã, diferentemente de outros países, a prostituição é um trabalho legalizado, com carteira assinada e, como tal, sujeito a pagamento de impostos, o que não impede que muitas mulheres prefiram trabalhar ilegalmente, principalmente as imigrantes, vindas sem documentos de países pobres, que encontram em Amsterdã uma forma de ganhar dinheiro para cuidar das famílias que deixaram para trás.

Doralice contou que tinha conhecido um francês que iria levá-la para conhecer a cidade onde morava no sul da França, onde tinha um vinhedo. A casa ficava próxima ao mar e, pela foto que ele mostrou, parecida com a casa que ela tinha sonhado construir para nós dois naquela praia deserta, há muito tempo. Apesar de ela não ter perguntado, disse que estava com saudade; por mais que detestasse, precisava falar, como se as palavras estivessem presas na garganta e fossem me asfixiar caso não as cuspisse no telefone para que fossem ouvidas do outro lado do mundo pela mulher que eu amava e que me deixara para transar com uma prostituta de vitrine escolhida numa rua de Amsterdã, como se fosse uma joia exposta na Bulgari ou uma peça de lingerie na Victoria Secret.

Não me deu resposta, até que desejou feliz natal, meio sem graça, e perguntou se eu havia montado a árvore que ela tinha comprado no ano anterior. Respondi que sim, mas era mentira, não queria que pensasse que a esquecera, apesar do ódio que sentia. Eu a odiava por ter partido, ter me tirado a única coisa a que dava valor na vida.

"Os dias são mais tristes sem você", foi o que ela disse após o longo silvo do vento, com uma voz entrecortada e uma hesitação de quem está na iminência de chorar. Desligou antes de demonstrar fragilidade, sem se despedir; para viver seu sonho precisava ser forte, não olhar para trás, e aquele telefonema era uma demonstração de fraqueza que tinha ido longe demais.

***

Isso não é tudo sobre Doralice, mas é o mínimo para se ter um imagem dela; é o que posso e consigo contar e espero ser suficiente. Finalmente liguei para Ana e deixei o endereço do hotel onde estava hospedado. A estreia tinha sido um sucesso, apesar das reclamações por eu não ter aparecido, minha ausência meticulosamente disfarçada por pequenas mentiras que Ana foi contando ao longo da noite e que salvaram minha imagem, ao menos por algum tempo.

Pelo telefone, ela disse, "Baby, você estará para sempre no meu coração, mas conheci um poeta francês. *So sorry*, espero que você não se importe. Mas não se preocupe, continuarei cuidando da sua carreira, você será para sempre meu pequeno gênio". Respondi que para mim estava tudo certo, não tínhamos tido muito tempo juntos para criar laços profundos, nem mesmo superficiais. Desliguei o telefone aliviado, desejei boa sorte com o poeta, sabia que não duraria muito tempo e ela logo estaria com outro artista, como se não buscasse um relacionamento estável, mas sim montar um vasto catálogo dos artistas que passaram pela sua vida, igual ou maior do que o das obras expostas em sua galeria.

A PARTE DE JÚLIA

Há quinze anos comprar um maço de cigarro era tão fácil quanto comprar uma bala ou um sabonete. De início havia os comerciais na televisão, atraentes e excitantes, exaltando o cigarro como o último grande produto capaz de tornar o homem poderoso. Exibiam paisagens tão exóticas quanto as de filmes de James Bond, emoção, mulheres bonitas. Era impossível não se sentir atraído por esse charme inicial. Em complemento vinham os slogans, marcantes, hipnóticos, parecendo ter saído diretamente de algum livro de Hemingway ou Scott Fitzgerald, tamanha a sua precisão em apontar exatamente o que se queria ouvir. E finalmente viam-se os pôsteres colados em todos os cantos nos locais de venda, uma extensão dos filmes publicitários com os fotogramas eternizados, imagens estáticas de tamanho ampliado para serem admiradas como se admira uma exposição de Man Ray ou Robert Capa.

Numa das paredes do bar Paraíso resistia um pôster clássico do caubói montado em seu belo cavalo, sorrindo um sorriso que inspirava confiança, que fazia você ir até o caixa e comprar um maço pelo único motivo de desejar se parecer com ele, aproximar-se dele, tornar-se tão livre e feliz quanto ele e seu cavalo. Foi no bar Paraíso que passei a noite após Doralice ter ido embora, a primeira que passei inteira em um bar, bebendo como nunca tinha bebido, nem mesmo nos anos de colégio.

Tive uma ressaca de dois dias e uma boa dor de cabeça, boa para me fazer esquecer a dor de tê-la perdido. Além disso, naquela mesma noite, comecei a fumar. Fui até o caixa e pedi um maço daquela mesma marca, mesmo nome e mesma cor. Não comecei a fumar porque queria ser como o caubói do pôster, mas por ser uma forma de me lembrar de Doralice, guardar uma lembrança do gosto do seu beijo. E por mais que fosse uma lembrança vaga, pois nada podia se comparar ao beijo de Doralice, era o que eu tinha, e tinha que me conformar.

Júlia também fumava — mas só descobri isso muito tempo depois de termos nos conhecido por acidente —, o que não significava que beijar uma fosse como beijar a outra. Júlia era o tipo de mulher que gostava de Godard e Truffaut, mas achava que a Nouvelle Vague tinha sido um movimento meio inexpressivo para o cinema como forma de arte, pouco mais que um bando de mauricinhos se revoltando contra suas famílias opressoras, com a exceção de Truffaut, que era revoltado contra o fato de ter sido tratado durante toda a sua infância como um filho bastardo. Assistira a todos os filmes de Woody Allen, incluindo os ruins; e sabia reconhecer nele a influência dos irmãos Marx e Bergman e Fellini e tantos outros ao redor do mundo, o que fazia de sua obra, mais que uma criação pessoal, um resumo da história do cinema da segunda metade do século XX.

Como qualquer paixão, Júlia apareceu sem avisar. Perguntou se eu não queria tomar a segunda taça de champanhe que trazia na mão, pois seu acompanhante tinha ido embora e ela não queria desperdiçar aquele espumante soberbo despejando no chão ou algum vaso de plantas. Eu gostaria de saber como duas pessoas podem se apaixonar simplesmente por dividirem uma taça de champanhe e uma frase sobre despejá-la em um vaso de plantas. Do champanhe passamos para nossa preferência mútua por cantos de parede em festas lotadas, daí para um comentário sobre o frio e por fim sua paixão por Godard e Truffaut e seus pensamentos um tanto contraditórios sobre a Nouvelle Vague.

Trocamos telefones e marcamos de nos encontrar na mostra de filmes tailandeses, onde seria exibida a filmografia do diretor Apichatpong Weerasethakul. Eu disse que adorava a fotografia dele e ela concordou, embora seu diretor de fotografia favorito fosse Gordon Willis. Não chegamos ao festival, nem perto: no caminho ela mudou de rota sem me perguntar, e em vinte minutos estávamos entrando num quarto de motel de beira de estrada, com duas estrelas, talvez.

Não posso dizer que a ideia não tenha me passado pela cabeça, mas tinha achado melhor esperar pelo segundo, talvez pelo terceiro encontro. Felizmente ela se adiantou e

entramos naquele quarto sujo de motel, aba-
fado e úmido. O ar condicionado não fun-
cionava; o frigobar estava vazio e desligado,
"a gente passou por tantos motéis até chegar
aqui e você parou logo nesse". Ela disse que
"parecia exótico", e respondi que "se você
acha que pegar uma doença venérea por tocar no interruptor é exótico, então escolheu
o lugar certo".

Ela disse que precisava ir ao banheiro.
Após uma rápida revista no lugar me deitei
na cama e fiquei observando a minha imagem no espelho do teto. O tempo começava
a fazer seus primeiros estragos, uma barriga bem mais saliente do que deveria, olheiras, entradas cada vez mais evidentes. Ouvi
a porta do banheiro se abrir, me sentei e vi
Júlia adentrar o quarto só de calcinha. Foi
minha primeira visão de seus seios pequenos, mas que não deixavam de se sacudir à
medida que caminhava; vi sua brancura que
brilhava, e mesmo com a luz esparsa pareciam nunca terem sido beijados por outro
homem. Foi a primeira coisa que fiz quando
ela se sentou sobre as minhas pernas passan-
do as dela por trás das minhas costas.

"Então, o que achou", ela me perguntou.

"*T'es magnifique*", eu disse em francês, a única língua que acho capaz de descrever fielmente a beleza e o amor. "Estou tão gorda, queria que você tivesse me conhecido há alguns anos, quando eu não tinha tantas preocupações e tinha tempo para cuidar de mim", "gosto do jeito que está agora, eu não mudaria nada". Não demorou muito para que passássemos a morar juntos, primeiro no apartamento dela, onde passávamos tardes e mais tardes abraçados na cama assistindo a filmes de todas as partes do mundo intercalados a loucas horas de amor, nas quais ela gritava mais alto do que na primeira vez no motel e o que nos obrigou, devido a reclamações dos vizinhos, a alugar outro apartamento de paredes mais grossas.

Julia conheceu Doralice de forma não premeditada, eu nunca tinha comentado nada nem mencionado o nome nem contado que tínhamos vividos juntos por três anos, há muito tempo, e que não sentia mais nada por ela, o que seria uma mentira, mas não queria perdê-la e por isso precisava mentir. Tínhamos nos mudado para o novo apartamento, havia uma bagunça de caixas por todos os lados, tocaram a campainha e Julia foi atender. Na porta deparou-se com uma moça de roupas gastas, aparência cansada, que se limitou a perguntar, "ele está", como se cada palavra pesasse uma tonelada.

Ouvi meu nome e fui até a porta onde o olhar de Júlia me aniquilou ao mesmo tempo em que implorava uma explicação, quem era aquela perguntando por mim na porta. Levei algum tempo para perceber que aquele ser quase espectral era Doralice, não a mesma que eu tinha na memória e sim uma mulher muito mais magra, branca como leite e muito triste, com uma tristeza que escorria dos seus olhos, "Doralice, está tudo bem", perguntei, indo na direção dela.

"É uma velha amiga", eu disse para Júlia, "pode entrar, venha, sente-se no sofá". Ajudei-a com a mala e usando meu braço como apoio ela veio até o sofá. Júlia fechou a porta e disse que ia fazer café, mas antes me lançou um olhar me pedindo para encontrá-la na cozinha.

"Doralice, o que aconteceu, você não me parece muito bem", eu disse para o espectro que ousei chamar de Doralice. "Me desculpe, mas eu não tinha outro lugar para ir", devido ao tempo que passara na Europa seu sotaque era uma mistura de francês, inglês e português do Brasil, "eu tive uns problemas", "quais?", perguntei. Ela então levantou a manga de sua camisa descobrindo completamente o antebraço e me mostrou, um tanto envergonhada, a pele branca repleta de manchas vermelhas e veias dilatadas.

Um braço de dependente químico, mais uma herança da mãe, "eu preciso desaparecer das ruas por algum tempo, se é que você me entende". Eu entendia, absolutamente. Restava saber se Júlia também entenderia. Não fiz mais perguntas. Fui até a cozinha onde Júlia me esperava recostada na pia e segurando uma enorme xícara de café, "quem é ela", me perguntou. "Já disse que é uma velha amiga", "velhas amigas não costumam aparecer sem avisar com uma mala na mão", "está desesperada, não tem família, nem casa, precisa de ajuda", "e você pretende ajudá-la", disse em tom inquisitorial.

"É uma boa pessoa, só está meio perdida", eu disse, "e você pretende ajudá-la", Julia repetiu a pergunta ignorando tudo que eu havia dito. "Só por essa noite", "ok", "você parece irritada, precisa fumar", "com certeza não é disso que preciso". Depositou na pia a xícara metade cheia e saiu.

Fiquei pensando, mergulhado no pântano de culpa onde ela me jogou com suas palavras não ditas. Na sala, o espectro permanecia mudo, talvez tivesse escutado nossa conversa, talvez começara a chorar pensando no que faria ao ser expulsa do apartamento do homem que um dia lhe jurara amor eterno. Como um ser tão frágil podia ter gritado anos atrás que os Beatles foram a pior banda dos anos sessenta e ter jogado minha estante de vinis no chão antes de sair sem olhar para trás batendo a porta com um estrondo tão alto que pôde ser escutado no prédio inteiro?

Voltei para a sala e lá estava ela, imóvel, seu vestido branco rasgado em alguns locais e sujo em outros, "não quero problemas com a sua namorada, foi uma ideia estúpida, me desculpe, acho melhor ir embora", "não, fique, você não pode sair agora". "Você não tem obrigação de ficar comigo, melhor eu ir", disse, tentando se levantar, mas eu a impedi, segurando seu braço. Júlia saiu do quarto a tempo de ver a cena, "vou pra casa da minha irmã", na mão segurava uma pequena mala, seus olhos demonstravam que não blefava, estava falando sério. Se Doralice ficasse ela partiria, e do mesmo modo que Doralice outrora, não olharia para trás.

"Não precisa, eu vou", Doralice ameaçou se levantar e foi novamente impedida pelo meu braço. "Não. Vocês precisam pensar no que está acontecendo, não podem me fazer escolher entre as duas", "não estou pedindo que escolha", disse Júlia. "No fundo você já escolheu".

Não fiz nada. Deixei-a ir. Doralice ficou parada por um tempo, ao meu lado, em silêncio, possivelmente recordando também. Fui fazer uma sopa para ela enquanto a deixei no banheiro para que se lavasse, coisa que parecia não fazer há algum tempo. Preparei a banheira, ajustando o nível e a temperatura. Tive que guiá-la para que não tropeçasse nos próprios pés, estava tão fraca que tive que ajudá-la a tirar a roupa. De pé, na minha frente, estava o espectro nu de Doralice, um corpo murcho e branco, completamente diferente do que eu havia beijado e fotografado quando éramos jovens, um corpo de musa que não perdia em nada para as mulheres das revistas. Não podia desejar o espectro, por mais que fosse o espectro de Doralice; sentei-a na banheira, clinicamente, "preciso

de um cigarro", ela disse, antes que eu a dei-
xasse.

Acendi e a deixei fumando, mergulhada
na banheira. A sopa tinha que ser reforçada,
ela estava muito desnutrida. Refogava alguns
vegetais quando a ouvi chamar, "por favor,
me ajude a me secar". Não recusei. Nem podia, era como enxugar um corpo de criança que ainda não tivesse aprendido a tomar
banho sozinha: sem oferecer resistência, mas
também sem colaborar. No final a vesti com
um roupão de Julia, levei-a até a mesa, e si-
lenciosa, como costumam ser os espectros,
ficou a me observar enquanto terminava a
sopa. Estava faminta e comeu tudo. A seguir,
deitei-a na nossa cama, minha e de Júlia, e
me despedi com um beijo na testa. Ela ten-
tou segurar minha mão, murmurou pedindo
que eu ficasse, mas me soltei e fui dormir no
sofá da sala. Na manhã seguinte os raios de
sol me acordaram entrando pela janela da
sala, ainda sem cortinas. Acendi um cigarro.

A mesa de café da manhã estava pron-
ta, me sentei, achei que estava sonhando.
Doralice apareceu vestindo o roupão de Júlia e com uma fisionomia menos espectral,
mais humana e sorrindo, não o sorriso que

eu guardava na memória, mas um sorriso velado, meio um não-sorriso. "Gostou", ela perguntou, sentando-se à mesa. Traguei, sentindo a textura do filtro entre os dedos. "Me surpreendeu", respondi, servindo suco de laranja no copo ao mesmo tempo que soltava a fumaça pelo nariz. "E o trabalho, ainda com aquelas fotografias horríveis de gente morta?", "sim", "pensei que você tinha dito que iria mudar de ramo, iria para o mercado publicitário e fotografaria mulheres bonitas, exporia, para que as pessoas admirassem seu talento, o que aconteceu com essas ideias", "o que aconteceu... você foi embora, bateu a porta e saiu sem olhar para trás", "e o que eu tenho a ver com a sua vida", "você realmente não sabe? Eu precisava de você".

"O que você quer dizer é que precisava, não precisa mais", "agora eu tenho a Júlia", "e eu, o que eu tenho", perguntou, pegando o cigarro do cinzeiro como se ainda fosse minha namorada, como se tantos anos não houvessem se passado desde que nos vimos pela última vez. "Você quis seguir seu caminho, eu segui o meu, duas vidas distintas que se cruzaram por um breve período de tempo", "vamos fugir, voltar no tempo, lembra aquela praia? Vamos voltar para lá e construir a casa como havíamos sonhado, se continuarmos aqui o mundo nunca nos deixará ficar juntos".

"É um pouco tarde para pensarmos nisso", peguei o cigarro que ela tinha devolvido ao cinzeiro e o fumei até o final, apagando a bituca com raiva na porcelana desgastada e suja. "Um pouco tarde, você acreditaria se eu dissesse que me arrependi, de ter te deixado, de ter fugido, eu juro."

Passei manteiga na torrada. Arrependimentos não fariam voltar o tempo. Tinha que ir para o trabalho às 10 horas, fui tomar banho. Quando voltei, a porta de entrada estava aberta. Procurei em todos os lugares. Doralice tinha partido novamente, mas dessa vez tinha deixado um bilhete. Agradeceu pela roupa de Júlia que pegou emprestada, por tê-la acolhido, disse que precisava ir, que estava com pressa. Ao final, com letras trêmulas, disse apenas "até um dia, quando arrependimentos possam ter absolvido o passado e nos encontraremos naquela casa na praia, para sempre".

***

A última noite que passei com Júlia começou com o telefone tocando. Como de costume, devido ao seu sono pesado, tive que atender, sem saber ao certo se estava realmente acordado ou se o telefonema era mais uma artimanha do mundo dos sonhos. Ouvi gritos, ruídos de máquinas de escrever, gente tossindo; no final, entre monossílabos intraduzíveis, consegui distinguir o nome Doralice dito secamente, como se estivessem falando de um pedaço de pizza estragado jogado na lata de lixo. Desliguei, e mesmo sem ter compreendido o que supostamente me haviam dito, consegui entender o que estava acontecendo.

Júlia, misteriosamente, embora estivesse dormindo todo o pouco tempo que durou o telefonema, parecia ter entendido também; acordou, e antes que eu pusesse o fone no gancho ela estava de pé na minha frente, de braços cruzados, com sua camisola transparente, "o que aconteceu", ela perguntou, dissimulando. "Você sabe, não precisa disfarçar", respondi, "você vai?", "preciso", "não, não precisa. Você pensa que é pai dela? A obrigação não é sua", "então de quem é?", "não sei, mas não é sua".

"Ela não tem ninguém", então Júlia caiu de joelhos, abraçou minhas pernas — eu me encontrava sentado na borda da cama —, entre lágrimas e gritos implorou para eu não ir, para deixar Doralice onde estava, que era o seu lugar. Afastei seus braços gentilmente, acariciei seu rosto molhado e vesti uma calça e um casaco para o frio antes de sair. Enquanto fechava a porta do apartamento olhei para o quarto e vi sua sombra projetada na parede pelo abajur, continuava no mesmo lugar, sentada no chão, chorando baixinho.

Júlia amava possessivamente, e isso era um problema. Eu sabia que quando voltasse não estaria mais ali, aquela seria a gota d'água. Era provável que nunca mais a visse, e apesar de saber que a perderia não voltei para o apartamento, continuei firme até a delegacia.

A mulher em frente à máquina de escrever disse para eu falar com o policial do outro lado da sala, que falou que eu tinha que encontrar o escrivão no segundo andar, porta 3. O escrivão estava ocupado, talvez o segundo escrivão estivesse livre, no final do corredor à direita. Caminhei por toda a delegacia até encontrar alguém que pudesse me ajudar, um policial educado, das antigas, "o senhor tem algum parentesco com a meliante", ele perguntou, "não", "e veio até aqui pagar a fiança dela?", "parece estranho?", "não é muito comum. Quando um homem está preso, logo aparece uma mãe, mulher, namorada ou filha para cuidar das coisas. Agora, quando é uma mulher, dificilmente aparece alguém. São 2 mil reais, tudo bem?"

"Tudo. O que ela fez?", "roubou, ela já está ficando conhecida, trabalha para uns traficantes e tudo o que ganha gasta com drogas. Se eu fosse você, deixava ela aí, talvez seja melhor para ela", "não, eu pago". "Tudo bem, então. Ela sai pela manhã. Quer falar com ela?", "não, já fiz minha obrigação. Mais que isso seria ridículo".

Voltei para o apartamento, que como previsto, estava vazio. Sai outra vez e fui para o bar, lá era o meu lugar. Júlia era ciumenta, fazia parte de sua personalidade e para ela, sem que percebesse, era sua forma de demonstrar que gostava de mim, de demonstrar seu amor, mas que por uma matemática inversa acabava fazendo com que eu me afastasse. Tinha ciúmes quando eu dormia demais, quando eu ficava assistindo televisão até tarde, mesmo que ela estivesse deitada na cama ao meu lado, tinha ciúmes quando, pela manhã, eu dizia bom-dia para a vizinha do apartamento do lado, ficava furiosa quando eu dizia que Brigitte Bardot sempre seria a atriz mais linda do cinema, quando eu tinha que sair de madrugada para fotografar, com urgência, algum crime ou acidente noturno ou quando chegava tarde da noite, a maior parte das vezes bêbado — evento cuja frequência aumentou cada vez mais com o passar do tempo e que culminou, assim como aconteceu a Rimbaud, na temporada que passei no inferno. Fui salvo, mais de dois anos depois, pelas mãos de um anjo que me resgatou: Ana.

Tempos depois, reencontrei Júlia na rua. Ambos sorrimos, sem arrependimentos. Ela segurava a mão de uma criança, "sua filha", perguntei, "é, sim, já tem quatro anos", "está grandinha, tem seus olhos", "obrigada". A menina puxou a mão da mãe e pediu sorvete. Ela deu uma moeda e a pequena correu até o sorveteiro. Ficamos sozinhos. "Parece que o tempo não foi justo", eu disse. "O que quer dizer?", "era para ela ser minha filha", "foi você que foi embora", "é". "Agora não tem como voltar atrás. Fez a sua escolha, e escolheu Doralice", "fiz, mas a gente não sabe o que faz".

A menina voltou. "Viu o novo filme do Apichatpong", perguntei, "vi, sim, o que ganhou a palma de ouro em Cannes?", "sim, é genial", "totalmente. Agora preciso ir", "então, adeus. Quem sabe posso te ligar um dia desses", "não, não pode". Foi embora segurando a menina pela mão.

Um amigo me disse que ela tinha se casado com um corporativista sem muita personalidade. Podia-se perceber que ela não o amava, porém precisava se casar logo, ou acabaria velha e não se casaria mais. A vida pode ser cruel para uma mulher.

A PARTE DE ANA

Infelizmente, somos seres evoluídos, para quem a vida não pode ser como a das águas--vivas à deriva no mar. Precisamos de complexidade, por isso amamos e por isso sofremos, o que é quase a mesma coisa.

Novamente livre, dessa vez de Júlia, fui para um hotel nas montanhas na tentativa de repensar o enorme caos que minha vida estava se tornando. O tempo mostrou que as aparências são pura ilusão, gestos e juras, segredos e promessas fáceis de se manipular, a todo momento pessoas erguendo barreiras para se proteger. A única forma de se conhecer verdadeiramente alguém é estar junto na cama, entre as paredes de um quarto as proteções caem, a maciez dos lençóis faz as mentiras se evaporarem, e a nudez, livre das subjetividades induzidas pelas roupas, cores, formas, imagens, mostra quem cada um realmente é, com suas perfeições e falhas. Quando vi Ofélia na beira da piscina, tive pena, parecia tão frágil com sua magreza, seu modo desajeitado de segurar o copo de cerveja com as duas mãos, sentada, de óculos escuros e biquíni dourado, sutilmente ignorada pelo resto do mundo como uma *Bond girl* há muito envelhecida ou ainda jovem demais. Fragilmente ela recusou a proposta de subirmos ao meu quarto, também fragilmente segurou minha mão após me recusar outras quatro vezes, senti um leve tremor — talvez por medo ou timidez — quando a puxei pela mão em direção ao hotel. Assim que tranquei a porta do quarto, não foi nada frágil o modo como ela me empurrou sobre a cama, beijando meu pescoço, ou a maneira como começou a tirar seu biquíni, lentamente, dançando uma música sexy audível só em sua mente, usando de artifícios diversos para impedir que eu visse seus seios, uma brincadeira de esconder e mostrar, apenas suficiente para me fazer imaginar.

Era um ser sexualmente selvagem aprisionado em algum recipiente quebradiço, do tipo que ao ser enviado pelo correio recebe etiquetas de alerta "Este lado para cima" ou "Cuidado, objeto frágil". Fotografei Ofélia nua naquela mesma noite, após termos feito amor como dois ex-amantes se reencontrando depois de anos de separação. Fotografei-a na sacada, no chão do quarto, sobre a pia do banheiro, entre uma pose e outra ela tapava os seios, um recato que desaparecia no momento em que eu me posicionava atrás das lentes.

Nunca mais a vi. Não pedi telefone ou endereço, nem perguntei seu nome, mas mesmo sem eu nunca ter visto uma montagem de "Hamlet", lembrou-me Ofélia. Não imaginei que aquela noite, igual a tantas outras, mudaria minha vida, não naquele momento, mas no futuro.

Sem ninguém para puxar-me as rédeas, o hábito da bebida tornou-se diário, uma necessidade irrefreável, como fumar. Dormia no máximo duas horas por dia, passava a noite no bar Paraíso com amigos cujo nome desconhecia, mas que me adoravam a cada vez que lhes pagava uma nova rodada. Sem o devido descanso, ficava cada vez mais difícil me concentrar nas fotografias, até que o delegado resolveu me afastar, sem salário, por tempo indeterminado. O que, contrariamente ao que seria desejável, resultou em mais horas livres no Paraíso.

***

Acordei, minha cabeça doía, meu estômago, meus olhos, não sabia que dia era nem onde estava. Sentia o lençol de seda tocando a minha pele, o que significava que estava nu. Olhei em volta. Muitos quadros nas paredes, um sutiã preto sobre a cômoda, cheiro de perfume francês. Saía vapor pela porta do banheiro semiaberta, alguém estava tomando banho. Fiquei quieto. Talvez assim a cabeça parasse de doer.

Minutos depois, uma mulher que eu não conhecia saiu nua do banheiro, ainda se enxugando, "enfim acordou", ela disse, parada a me olhar. Fiquei paralisado. Não me lembrava dela ou de quando fora a última vez que estivera de frente para uma mulher nua. Para ser mais preciso, não lembrava nada do que tinha acontecido nos últimos tempos, como quem acorda de um coma de vinte anos e descobre que os discos de vinil foram substituídos por CDs e depois pelas músicas digitais, de qualidade duvidosa, "quem é você", pareceu uma pergunta razoável a se fazer.

Ela riu, vestiu a calcinha que estava jogada no chão próxima aos pés, "sou Ana, você não se lembra de nada, não é?" Respondi que não com a cabeça. "Oh, *baby*", foi como ela disse, vulgarmente, de um jeito que só mulheres da alta sociedade sabem pronunciar palavras em inglês, ao mesmo tempo em que acendia um cigarro e o colocava na ponta de uma piteira de ouro, "você passou os últimos dois anos bebendo sem parar, um dia te encontrei dormindo na calçada esperando o bar abrir".

"E a gente se conheceu?", "isso faz pouco tempo, não que eu nunca tivesse te visto, mas nunca tínhamos conversado, até que um dia você estava tomando uísque com outro bêbado e entrei no bar, você veio e disse que eu parecia uma estrela". "E como vim parar na sua casa", "bem, alguém tinha que pagar sua conta antes que fosse expulso do lugar. Achei que era melhor te trazer para garantir meu investimento", "qual investimento?", "você. Sou apaixonada pelo seu trabalho".

"Eu trabalho na delegacia", "não esse, o outro, o de verdade", ela se afastou, foi até a gaveta e retirou algumas fotos que me entregou, "você é muito talentoso." À medida que se movimentava sem parar, de um lado para outro no quarto, ia deixando um rastro de fumaça que eu seguia com os olhos, como que hipnotizado. Olhei as fotos, eram da moça nas montanhas há muito tempo, qual era mesmo o nome... Ofélia? "Essas fotos são geniais, sua visão é extremamente original", "não faço esse tipo de fotografia, meu lugar é na delegacia".

"*Baby*, agora é tarde. Mostrei essas fotos para meus amigos e temos uma exposição marcada, estará lotada de pessoas da alta e vai colocar sua carreira no topo. Mas para isso, vou te manter longe da bebida, você precisa trabalhar mais para a exposição, com seu talento não será tão difícil. Vou sair agora, quando eu voltar a gente conversa mais".

"Por que você usa essa piteira?", "não gosto do cheiro de cigarro nos meus dedos", "você fuma, mas não quer que o cheiro fique em você, mesmo sabendo que vai impregnar sua pele de qualquer jeito, não importando quanto perfume você passe". Tragou e me beijou, soltando a fumaça na minha boca. Deixei-a por algum tempo até devolvê-la ao ar. Colocou o primeiro vestido que encontrou e saiu, me deixando sozinho com aquela dor insuportável e a visão de seu rastro de fumaça.

***

Na noite da exposição, o governador veio me cumprimentar, pessoas da alta espalhadas por todos os cantos, exceto um. A foto próxima ao pilar eu percebi que a multidão, sutilmente, tentava evitar. Aproximei-me para ver o que acontecia e vi que não evitavam a fotografia, mas a moça observando a fotografia, pois usava um vestido humilde e estava descalça. Para ver quem era, toquei seu ombro. Virou-se. Era Doralice.

"Surpreso", ela me perguntou, "não pensei que você viesse, na verdade pensei que você nem ficaria sabendo", "fiquei, coloquei até esse vestido novo para celebrar sua grande noite". Era visível seu esforço para se arrumar, fingir que era uma pessoa de classe, que vivia em uma casa iluminada. Penteara os cabelos, passara batom. Só não estava conseguindo esconder as olheiras seculares, as marcas de agulhas, visíveis em ambos os braços. "Estou bonita?", "muito", "você mente muito bem, acho até que mais que na fotografia", apenas nesse momento notei que a foto que ela observava, na verdade uma ampliação de dois metros por um e meio, era sua, a única que tinha sobrado do tempo em que posava para mim, um tempo que passou e nunca mais voltará.

Virou-se para a fotografia e voltou a admirar a si mesma, "queria ser ela outra vez", "você me perdoa?", "pelo quê", "por ter te deixado partir. Por ter desistido de você". "A gente faz o que pode", "mas eu fiquei parado, não fiz nada", "nem todas as histórias de amor têm final feliz".

Do outro lado do salão, Ana me chamou. Pedia um discurso. Em pouco tempo todos os olhos se voltaram na minha direção, clamando em uníssono, "pode ir", disse Doralice. "Você vai esperar aí?", "vou ficar e admirar a moça da fotografia mais um pouco". Fui levado até o tablado pela multidão. Não me lembro do que disse, de qualquer modo, Ana falou muito mais do que eu, falou sobre meu talento e de como eu passaria despercebido se ela não me descobrisse, que iam expor meu trabalho em Barcelona, depois Paris.

Voltei para o canto de onde haviam me tirado. A foto estava sozinha, sem ninguém, além de eu mesmo, para admirá-la. Subitamente, Ana veio e me abraçou, "meditando entre as couves-flores, *baby*", perguntou. "Só pensando". "Essa é sua grande noite, você devia estar feliz", "estou", "acho que você precisa fumar, sempre fica chato quando está com vontade, quem é a moça da fotografia? Não parece apenas uma modelo".

"É um anjo que conheci um dia", um anjo sujo, a quem cortaram as asas e se esqueceram de avisar. Ao tentar voar ele percebeu que, por mais que se esforçasse, o único caminho que lhe seria permitido ia para baixo: descer, sem nunca tirar o céu de vista.

Foi a soma de todas essas histórias que me trouxe até aqui, do outro lado do mundo, hospedado no quarto mais alto desse hotel de Tóquio a reciclar memórias. Estou na cidade há quinze dias. Tudo o que fiz foi caminhar aleatoriamente pelas ruas da metrópole, sem qualquer outro objetivo além de observar o máximo que pudesse, praticamente impossível encontrar uma rua vazia, todas sempre cheias de gente, como se estar sozinho fosse uma espécie de transgressão. As pessoas por aqui são tão diferentes das ocidentais, e não me refiro unicamente a diferenças físicas, mas ao comportamento, estão sempre sérios, imperturbáveis. Os namorados não ficam muito próximos uns dos outros, nem se beijam em público, como se qualquer demonstração de afeto fosse proibida. Me pergunto como seria possível viver um grande amor tendo que estar a todo momento tão distante da pessoa amada, por mais que ela esteja caminhando a seu lado, essas regras não explícitas tornariam, a meu ver, qualquer tipo de amor insustentável.

Nessas caminhadas, fui parar em frente a uma loja especializada em *love dolls*, bonecas sexuais de tamanho e peso reais, perfeitas em cada detalhe: por apenas alguns milhares de dólares é possível comprar a imagem da mulher ideal, assistir televisão com ela ao lado, compartilhar um chá, transar com ela... mas será possível amar uma boneca? Visitei alguns templos budistas, tentei meditar, conversei com os poucos monges que sabiam falar inglês, mas em nenhum momento fui capaz de encontrar a resposta que procurava, "por que o amor anda tão impossível nos dias de hoje". Se me tornasse monge, será que conseguiria passar o resto da vida sem pensar em Doralices, Júlias ou Anas, viver cada dia para repetir mantras antigos, tocar sinos, acender incenso e sorrir sempre? A hora de decidir o que faria do meu futuro estava chegando, ficaria indefinidamente em Tóquio ou voltaria para São Paulo?

Tudo se esclareceu no dia em que eu voltava de um café, horrível, parecendo ter sido projetado por uma empresa de videogames, nos últimos dias a cidade inteira começava a me parecer um imenso projeto da Nintendo, principalmente quando reparava na quantidade incalculável de adolescentes nas ruas vestidos com roupas dos personagens de mangás e desenhos animados. O que aconteceu na volta daquele café pode até parecer banal, algo que costuma ocorrer todos os dias numa grande metrópole, menos em Tóquio, onde ninguém acredita que essas coisas aconteçam, uma cena quase literária, incomum demais para ser de verdade, mas foi.

Na rua movimentada, cujo nome esqueci de procurar para tornar o relato mais verossímil, as pessoas atravessavam normalmente até o semáforo de pedestre fechar, exatamente no momento em que cheguei. Parei, à minha volta todos também pararam, exceto a garota adolescente que caminhava empolgada, ouvindo música no seu iPod. Distraída, deu dois passos além da calçada onde deveria ter parado, dois passos podem parecer pouco, mas para o ônibus foi o suficiente, tarde demais para uma tentativa de frear a tempo, só deu para lançar o corpo da menina muitos metros adiante. O vidro do para-brisa chegou a rachar quando foi atingido pela cabeça indefesa que, como marca, deixou uma mancha de sangue discreta.

Uma pequena aglomeração formou-se ao redor do corpo. Ouvi um grito de desespero, procurei seu emissor e vi um garoto, não muito mais velho do que a vítima, abrindo caminho através da multidão. Caiu de joelhos ao lado dela, chorando compulsivamente, todos falavam em japonês, mas o sentir transcende o idioma, pude entender perfeitamente o que estava acontecendo. Senti o sofrimento do garoto ao abraçar o corpo, já nada mais que um recipiente vazio. Então ele beijou a boca dela, foi a primeira vez que vi um casal se beijando em Tóquio publicamente, o que era irônico de fato, uma cena tragicamente bela, possivelmente a última imagem que veio na mente dela ao fechar os olhos, um segundo antes de o ônibus atingi--la, teria sido a do rosto dele. Após o beijo, a ambulância chegou, a multidão se dispersou e eu fiquei pensando naquilo tudo.

Pensei que o garoto tinha se tornado um cliente em potencial da loja de bonecas, uma *love doll* com a aparência da garota repararia a perda, o que eu faria se estivesse em seu lugar, compraria ou não a boneca, preferiria morrer junto, também atropelado, exatamente no mesmo local e tendo como último pensamento o rosto dela? Gostar tanto de alguém a ponto de não aceitar perdê-lo, seria isso o amor?

Eu não sabia responder, mas estranhamente pensei em Júlia, em seu ciúme quase doentio, seu sorriso travesso de menina, em sua mania de passar a mão pelos cabelos a todo momento para depois poder perguntar, inocente, como eles teriam ficado tão bagunçados. Pensei em Júlia e que se ela morresse não poderia suportar a perda, no fundo sabia ter sido a única mulher que me amou verdadeiramente, e eu, infelizmente, não pude perceber, ainda estava cego por Doralice. Talvez fosse esta a certeza que viera procurar em Tóquio, precisei que uma tragédia acontecesse para me mostrar como tinha sido um idiota por todo esse tempo, mas na vida é assim, um amor termina e outro começa. Tudo depende de ser ou não tarde demais.

A PARTE DA BONECA

Quando chegou em São Paulo já era noite. No aeroporto logo pegou um táxi, se voltara era porque havia um único lugar aonde precisava ir, o banco no centro da cidade onde Júlia trabalhava, antigamente ficava trabalhando até altas horas da noite. Seu plano dependia de que ela continuasse lá além do horário e esperar por ela na porta de saída, sem levantar suspeitas.

A noite estava fria, quando respirava, o ar quente que expirava se transformava em vapor, uma fumaça branca. Ela deixou o prédio sem olhar para os lados, não percebeu que era seguida de longe. Ele a observava, vestia um sobretudo, seus cabelos estavam loiros e mais compridos, diferente da última vez que a viu, quando a deixou chorando, sentada no chão. Antes que chegasse ao carro ele a tocou nos ombros e ela assustada se virou com os olhos muito abertos, "o que você está fazendo aqui a essa hora", "precisava falar com você", "mas tinha que ser hoje, ou melhor, a essa hora", perguntou, impaciente, "tinha".

"Mas eu não quero falar com você, nunca mais. Já te disse isso", "você precisa me escutar!" "não quero, você que precisa, é um idiota, o maior idiota na face da terra e eu te odeio mais que tudo. Não quero mais te ver ou falar com você e nem que você fique me seguindo no meio da noite", "tem razão", "com relação ao quê?" "A tudo. Ao fato de eu ser um idiota, e você não querer me ver."

"Onde você quer chegar?", "eu te amo". "Como assim? Você acha que pode ficar todo esse tempo longe, depois de ter sido um idiota, e aparecer no meio da noite, com essa cara de ressaca e dizer que me ama? Acha que isso vai fazer eu me entregar pra você? Você precisou de todo esse tempo pra descobrir que me amava?", "descobri em Tóquio". "Então você precisou ir até o outro lado do mundo pra descobrir que me amava?", "é, como você disse, sou um idiota", "é hora de você ir, se veio até aqui procurando perdão, vai ter que voltar sem nada".

Sem o perdão de Júlia, nada lhe restava em São Paulo, o mais certo era voltar para Tóquio e iniciar seu novo projeto, uma série de fotos para uma futura exposição, "Amores Artificiais". Seria sobre homens e mulheres cansados das decepções amorosas, que encontravam em objetos e novas tecnologias uma forma de compensar sua falta de um amor que, de outras formas, já não conseguiam suprir.

A encomenda que tanto esperava chegou em julho, uma caixa grande e pesada de madeira com as laterais escritas em japonês e inglês. Necessitou de três carregadores para levá-la pelas escadas até seu apartamento no 9º andar, já que a caixa não cabia no elevador. Agradecido, deu uma boa gorjeta aos entregadores. Sozinho, restava abrir a caixa, e para isso precisava digitar no teclado numérico localizado na tampa superior a senha recebida por carta, semanas antes.

Após digitar as laterais se abriram, como o desabrochar de uma imensa flor de madeira. No centro, sentada em uma cadeira, estava a boneca, tão real que chegou a acreditar que fosse a verdadeira Júlia, que para o surpreender, numa tentativa de Cleópatra desesperada, tivesse se enrolado em plástico bolha e se enviado como um presente.

A sensação durou pouco. Retirando o plástico bolha, pôde explorar o corpo da boneca, sua pele a mesma textura da pele de Júlia, seu cabelo muitas vezes bagunçado por não controlar a mania de passar a mão. Mirou seus olhos, que apesar da cor e formato exatos, mostraram-se vazios, sem alma, quando os encarou, olhos que ao vê--lo nunca brilhariam. Beijou a boneca, que por mais engraçado que possa parecer, tinha uma língua que transmitia a sensação de um beijo real, em nada parecida com o beijo de Júlia, sua maneira única de beijar que ele não esqueceria nunca. Tirou o vestido da boneca, muito parecido com o que Júlia usava na foto que ele enviara para que servisse de modelo. No site do fabricante, uma das supostas vantagens era a segurança, porque ela nunca o deixaria, sim, eram seguras, ele concordava, porém o que torna o amor possível é justamente a impossibilidade de permanência, a chance de se perder a pessoa amada a todo momento é que faz com que se tenha que conquistá-la mais uma vez e outra a todo momento.

Adormeceu na cama e ao acordar a boneca continuava no sofá, no mesmo lugar onde a havia colocado na noite anterior, sem respirar nem sentir frio. Saiu para conversar com Ana sobre sua carreira, conheceu o tal poeta francês, bonito, embora sem talento, e que logo seria substituído pelo novo secretário musculoso e sem cérebro que ele viu Ana devorar com os olhos quando entrou para lhe entregar o novo contrato. Chegou em casa ao anoitecer e a boneca continuava no mesmo lugar, nua, de pernas cruzadas. Não tinha coragem de tocá-la. Adormeceu.

Diferentemente da noite anterior, foi despertado no meio da madrugada por um roçar de dedos percorrendo suas costas. Sentiu seu corpo ser coberto por outro tão quente quando o seu, um corpo de mulher. Virou-se e viu que era a boneca. Beijava sua barriga, seu pescoço, sua boca, como se tivesse ganhado vida. Dessa vez nem sentiu gosto de borracha no beijo, parecia demasiado humano, "você nem imagina o quanto sinto saudades suas", disse, com voz idêntica à de Júlia, o que era estranho, pois seria impossível reproduzir uma voz com tamanha perfeição a partir de uma fotografia, "mas continuo te odiando. Muito. Não quero que olhe para mim, vou cobrir sua cabeça com o travesseiro, vou usar seu corpo porque não suporto mais ficar longe de você, mas não tenho a intenção de proporcionar um pingo de prazer, faço isso por mim. Preciso do seu corpo, por mais que te odeie".

Tapou seu rosto com o travesseiro e fez amor com o corpo, ele não se mexeu em nenhum momento, como se o boneco fosse ele. Exausta, adormeceu a seu lado, e nesse momento ousou olhá-la, parecia tão real, levava um sorriso no rosto como se sonhasse sonhos bons, uma cópia exata do sorriso que Júlia exibia após fazer amor e que ele adorava, achava lindo, um sorriso angelical que ele poderia observar pelo resto de sua vida.

De manhã, estava sozinho na sala. A boneca tinha voltado a seu lugar original, sentada no sofá. Tocou seu braço na esperança de que ela pudesse ganhar vida novamente, mas nada aconteceu. Teria sido um sonho, uma alucinação, causada por febre de algum tipo. Antes de ir dormir nesse dia se certificou de que a boneca estava ali parada, nessa noite nada aconteceu, o que não significava que não voltaria a acontecer.

Ao longo do tempo ele pôde perceber que as aparições da boneca eram constantes, ganhava vida exatamente no dia dez de cada mês,o fato se repetiu por mais de um ano e terminou no dia em que chegou em casa e não a encontrou no seu lugar habitual, sentada no sofá, nua, com as pernas cruzadas. Procurou pelo apartamento e não a encontrou, a busca era inútil, ela, assim como todas as mulheres que haviam passaram por sua vida, o havia deixado. Desolado, foi até a sacada do apartamento, observou a cidade, uma lágrima percorreu sua face, o que era inusitado, pois era do tipo de homem que não aprendera a chorar.

Sua angústia não vinha do sumiço da boneca, mas sim do fato de que retrospectivamente sua vida havia se tornado uma torrente de perdas que o levara, no ápice do desespero, a comprar uma boneca sexual extremamente cara, repetindo o gesto daquelas pessoas que ele planejava fotografar para sua futura exposição. Nem mesmo a boneca garantida pelo site do fabricante havia ficado por muito tempo, ele estava só, de pé na sacada, perdido no meio da vida — lugar onde sempre estivera, no meio, como se nunca tivesse entrado nela realmente.

Passou as mãos pelos cabelos. Ventava. Do bolso tirou um maço de cigarros com o último dentro, com a mão direita o levou até a boca e com a esquerda preparou o isqueiro e o acendeu. Tragou, profundamente, numa tentativa de esquecer sua vida como se naquele exato momento, catalisado pelo excesso de fumaça inalada em um curto espaço de tempo, pudesse sofrer um AVC que apagasse a parte do cérebro responsável pela memória, zerar a vida e começar uma nova. Espirou a fumaça. Sentiu um leve toque na nuca, percebeu que eram dedos, pequenos e delicados, uma carícia deliciosa.

Virou-se e viu Júlia, vestida de azul, linda, como sempre fora e como para ele sempre seria, simplesmente linda, "o que você está fazendo aqui", "eu vim pra você", ela respondeu. Aproximou-se, beijaram-se em meio ao vento e à fumaça de cigarro, as cinzas caídas no chão. Júlia tirou o cigarro da mão dele, levou à boca e tragou lentamente, "quero que você fique desta vez", segurou a mão dela. "Desta vez ficarei, para sempre, com você", "mas e o seu marido?" "Levei sua boneca pra ele, deitei-a na cama, nem vai perceber a diferença, nem lembro a última vez que a gente conversou. Só se interessa pelo meu corpo, e pra o que ele precisa a boneca será mais que suficiente".

"E sua filha? Você não pode deixá-la", "filha? Que filha?", "aquela que estava com você no parque". "Não era minha filha, era minha sobrinha. Inventei aquela história porque estava com raiva de você, queria te fazer sofrer, como você me fez, mas espero que tenha aprendido a lição", ela sorriu e o abraçou com força. "Promete que nunca mais vai me deixar?", "quero passar o resto da vida com você", ele a abraçou como se estivesse prestes a perdê-la, apenas duas pessoas abraçadas em uma sacada, ventava muito, nenhum contrato nem site de fabricante garantia que qualquer daquelas promessas seriam cumpridas, nenhuma segurança ou certeza. Nenhum dos dois, entretanto, nem mesmo por um breve momento, duvidou do que o outro dizia.

Entre as milhares de coisas que passaram por sua cabeça pensou na entropia, na criação do universo a partir de um vazio quântico há bilhões de anos, pensou que os Beatles talvez não tivessem sido, realmente, a melhor banda dos anos 1960, mas isso não o impediria de continuar ouvindo as músicas pelo resto da vida. O incrível é que em nenhum momento pensou em Doralice, no que acontecera a ela, nem sabia que estava morrendo numa cama de hospital, sem pulmão e respirando por aparelhos. Para ele agora só existia Júlia, e somente nela ele pensaria nos anos de vida que ainda lhe restavam.

Caído no chão, o cigarro que ele lançara segundos antes de beijá-la continuava a queimar. A fumaça subia, filetes de desenhos aleatórios, fractais, espirais, quase corações, permanecia queimando, sabe-se lá até quando, por mais um minuto ou hora, talvez por dez anos, toda a eternidade. Continuava subindo enquanto os dois se beijavam, também sem saber até quando, enquanto durasse o amor, talvez não mais que o tempo de um suspiro.

A PARTE DA CARTA

Caro,

Eu vou morrer. Desculpe ser tão direta, mas é que não quero escrever inteira uma carta bonita para no final anunciar esse trágico fato. Eu vou morrer, não que isso não fosse esperado após a vida louca que tive, estranho ter vivido tanto. Não me arrependo de tudo o que fiz, conheci o mundo, entende? Vi o mundo inteiro enquanto a maioria das pessoas mal conhece a cidade vizinha. Eu vivi. Tudo e o quanto pude. Se é esse o preço, então é justo. Eu vou morrer, não tenho casa, roupas, carro, mas minha pele está intoxicada de vida, de tudo o que vi e chorei e gritei e sorri e sofri. Vou morrer e meu único arrependimento é que em todos esses momentos loucos você não esteve comigo. Fui à sua exposição "Amores Artificiais", bonita, tive que assaltar um velha para arrumar dinheiro e comprar roupas decentes no brechó. Me impressionei com todas aquelas pessoas, todas tentando não se sentirem sozinhas. Estive com tanta gente e mesmo assim sempre estive sozinha, lembra do tempo em que a gente ficava até tarde da noite dentro do carro, entre conversas e beijos, você dizendo que me amava, queria tanto voltar, falar pra você que me chamo Doralice, como se nunca nos tivéssemos visto, então você faria um comentário irônico e como nunca entendi suas ironias, acabaria te levando a sério, até você sorrir e esclarecer que era uma piada. Queria tanto voltar, te conhecer de novo e dessa vez não te deixar, viver uma vida totalmente diferente, com você, mas infelizmente não posso, na vida a gente só pode ir para frente e à minha frente está a morte. As enfermeiras não me deixam fumar e isso está me matando. Entendeu? Foi uma piada. Saudades, agora vou largar a caneta e sair de novo da sua vida, mas dessa vez para sempre, espero que seja muito feliz. E saiba que nem porque te deixei significa que te amei menos. Estou com dor de cabeça, queria que você estivesse aqui para segurar minha mão, como naquela tarde, há muito tempo, em outra vida.

Adeus,
Doralice

A PARTE DOS VINIS

Sobre a porta de entrada havia um pequeno sino que tocava sempre que um cliente entrava na loja. Ao ouvir o barulho, o dono e único empregado depositava o jornal que lia sem nenhum interesse sobre o balcão e passava a olhar para frente com determinação, sem piscar os olhos, esperando que por todos os labirínticos corredores, delimitados por prateleiras recheadas de antiguidades e poeira, o cliente pudesse, como um Perseu destemido que achasse desnecessário o uso de qualquer fio para encontrar o caminho de volta, chegar ao Minotauro, ele mesmo, e não ficasse perdido loja adentro por tempo demais e fosse necessária uma operação de resgate ao perdido ilustre. Felizmente este cliente conseguiu encontrá-lo trazendo consigo uma caixa de papelão relativamente grande, que coloquei sobre a mesa. *Se o trabalho reflete o homem, ali estava a prova máxima*, pensei, enquanto depositava a pesada caixa sobre o jornal de mil novecentos e muitos anos que ele havia deixado sobre a mesa, talvez para evitar que se depositasse sobre ela a poeira na qual estava praticamente mergulhado. Usava um par de óculos redondos, estilo John Lennon, tinha cabelos compridos, brancos, presos em rabo de cavalo, "o que tem dentro da caixa", perguntou sem se levantar, "vinis", respondi. "Tenho muitos, estão por aí espalhados, é só procurar", "mas esses são únicos, você nem imagina." Para ter um trabalho como aquele e montar uma loja como aquela, a curiosidade é uma exigência, as mesmas coisas de sempre estão espalhadas por toda parte, compram-se às dúzias pelas esquinas, agora, coisas únicas, são sempre de interesse para os grandes antiquários, "deixe-me dar uma olhada, mas não se anime muito", levantou-se e abriu a caixa, dentro, lado a lado, uma fila de vinis com seus encartes em perfeito estado, pareciam saídos da gravadora naquela mesma manhã. "Uau, cara", disse, enquanto os retirava individualmente, parando para observar cada milímetro de cada capa como uma criança que acaba de abrir seu presente de Natal. "Esses discos são demais", falou, por um breve momento em que conseguiu sair do transe no qual se encontrava, "Stones, Dylan, Beatles, Floyd, Hendrix, Joplin, estão todos aqui, é como estar com a realeza, realmente, nunca tinha visto discos em tão bom estado, não era mentira, mas posso fazer uma pergunta, sei que não é da minha conta, por que se livrar de tudo isso? Não parece sensato, se é porque não tem mais toca-discos, se quiser posso te vender um". "Não é isso, tenho um toca-discos portátil, sim, deixei no carro, a caixa estava muito pesada. Mas são coisas infestadas de lembranças que quero esquecer, já que não se pode voltar ao passado, é melhor esquecê--lo, não quero essas coisas se esforçando por me lembrar." "Que estranho, não faz sentido para mim", "eu tinha muito mais", "e o que aconteceu com eles, se forem tão bons quanto esses devem valer uma fortuna", "quebraram, foi o vento, podemos dizer." "O vento? Que pena. Eu tinha vinte e sete anos quando ouvi "Let It Be" e sabe o que pensei", "o quê", "que estava tudo acabado, entende, aqueles caras, o pessoal todo, que veio quebrando tudo, as promessas, eles mentiram, nos enganaram, pra que a gente comprasse esses discos para que eles pudessem comprar cocaína e cigarros, só isso. A gente nunca iria poder viver só de amor, e nunca haveria paz no mundo. Os Beatles foram minha escola, marcaram o início e o final do sonho, éramos jovens, podíamos tudo, logo o John estava de cabelo comprido e apaixonado pela japonesa, tocaram no teto do prédio e acabou, foi cada um pro seu lado", "todo mundo deve ter um momento da vida para o qual gostaria de voltar". "Acho que sim, cara, posso te contar uma história", perguntou, enquanto separava um disco específico da pilha que havia formado ao lado da caixa. "Está vendo esse disco aqui? Em toda a minha vida só vi mais um, talvez seja o mais raro existente no mundo. Eu tinha um amigo que tinha um desses, comprou de um velho que estava vendendo as coisas do filho que tinha desaparecido inesperadamente. O velho vendeu sem nem tirar o disco do encarte para ver se estava riscado ou não, meu amigo, ao retirá-lo em casa, encontrou uma folha de papel que o antigo dono devia ter esquecido dentro. Escrita à mão, dizia que se você ouvisse o disco numa noite de lua cheia colocando uma vela no centro do vinil de forma que ela girasse até a música acabar, poderia magicamente voltar para o momento da vida que mais desejasse", "que história, se fosse verdade." "É, ele disse que ia tentar", "e o que aconteceu", "não sei, nunca mais o vi, bem, posso te mostrar uma coisa", "pode". O dono da loja me guiou através dos corredores até chegar a um canto, a um arquivo de metal enferrujado. De dentro da terceira gaveta retirou uma pasta amarrotada, "um dia um homem veio vender sua coleção de fotos que tinha tirado enquanto estava em Woodstock, era um ex-*hippie*, as fotos eram boas e estavam bem conservadas, tinha uma da Janis levando choque no microfone, e tinha esta", retirou uma das fotos de dentro da pasta e me entregou, era a foto de um bando de *hippies* pulando na lama, sujos, mas completamente felizes, não se podia negar. "O que tem essa foto?", perguntei, sem conseguir entender o sentido de o homem estar me mostrando aquilo. "Está vendo essa pessoa aqui", perguntou, apontando para um rosto na foto, "sim", "esse é meu amigo, eu tenho certeza. Foi tirada no segundo dia do evento, nesse dia ele estava na minha casa, a gente tava ouvindo o "Electric Ladyland" do Hendrix porque nossos pais não tinham deixado a gente ir a Woodstock. Ele sempre me dizia que se tivesse a chance de voltar, não pensaria duas vezes, faria qualquer coisa para estar naquele lugar". "Talvez seja alguém parecido", "você pode não acreditar, mas eu tenho certeza, não tem como eu me enganar". Voltaram aos discos, "então, quanto quer pela coleção", "quanto você acha que valem, eu aceito". "Quinhentos...", "tudo bem", peguei o dinheiro, contei, estava certo. Agradeci e me virei para ir embora, mas não consegui. Voltei e devolvi o dinheiro, "o que aconteceu, cara?" Peguei um único disco que estava sobre a pilha, o tal mágico da história, e comecei a andar em direção à saída, apressadamente, só parei para dizer, "é que eu tenho uma amiga e preciso correr até o hospital".

A PARTE DE DORALICE

Deixei tudo preparado, o toca-discos, o vinil, a vela, Doralice perguntando para quê tudo aquilo. Estava muito mal, quase não se podia ouvir o que dizia, "esta é a sua chance, sua única chance", "chance de quê," ela perguntou. "De fazer as coisas certas. Se funcionar, você terá que aproveitar, esta é a chance pela qual todos no mundo anseiam, mas só você terá, ou não".

"Você vem comigo", "não posso, meu lugar é aqui, agora, com Júlia e o bebê". "Pensei que me amasse", "amo a Júlia, mas naquele tempo, quando dizia que te amava, era sempre verdade, nunca duvide". "Você vai me abandonar," ela disse, quase chorando. "Não vou te abandonar, prometi que nunca te abandonaria, por isso estou aqui e sempre estarei ao seu lado".

"De todas as promessas que me fizeram ao longo da vida as suas foram as únicas verdadeiras, não me deixe", "nunca, feche os olhos, quando abri-los novamente, estarei ao seu lado e te amarei para sempre". Ela fechou os olhos. A música começou a tocar, imediatamente depois eu saí, seguido por uma batida seca da porta. Não tive coragem de voltar, também não perguntei nada às enfermeiras, nem aos médicos.

Ali terminava a história de nós dois, meu destino se separava daquela que começou como namorada, passou a irmã e agora partia como uma filha que completava a idade de seguir sozinha. Saí do hospital. Entrei no carro e dirigi. Pensava em Doralice, linda, correndo na praia, os cabelos desenhando o vento, descalça e livre, então ela caía, sorria, sorria sempre e seu sorriso ficou marcado na minha memória. Deitada sobre a areia, abria os braços, esperando que eu a alcançasse e neles pulasse, depois ficaríamos deitados lado a lado observando o céu e ela perguntaria, "o quanto você me ama?", e eu responderia, "mais que a lua". "Sabe, acho que vou te amar para sempre", e ela se levantava bruscamente como quem escapa de uma armadilha, seus olhos meigos pedindo silenciosamente que eu voltasse a persegui-la, correndo em direção ao mar. Sorria e era assim que eu queria lembrar dela que parecia tão feliz, a ponto de perguntar o que poderia dar errado na vida de uma garota como aquela. Doralice sorria pura, sorria radiante, sorria menina. Eu poderia passar o resto da vida observando aquela imagem, aquele sorriso.

Esta obra foi composta em Minion 12/14.
Impressa com miolo em offset 75g por
Createspace/ Amazon.